CICATRICES

Translated to French from the English version of

Scars

Immane Shiphrah

Ukiyoto Publishing

Tous les droits d'édition mondiaux sont détenus par

Ukiyoto Publishing

Publié le 28 août 2023

Droits d'auteur sur le contenu © Immane Shiphrah

ISBN 9789359207858

Tous droits réservés.
Aucune partie de cette publication ne peut être reproduite, transmise ou stockée dans un système de recherche documentaire, sous quelque forme que ce soit et par quelque moyen que ce soit, électronique, mécanique, photocopie, enregistrement ou autre, sans l'autorisation préalable de l'éditeur. Les droits moraux de l'auteur ont été revendiqués.
Il s'agit d'une œuvre de fiction. Les noms, les personnages, les entreprises, les lieux, les événements, les localités et les incidents sont soit le fruit de l'imagination de l'auteur, soit utilisés de manière fictive. Toute ressemblance avec des personnes réelles, vivantes ou décédées, ou avec des événements réels est purement fortuite. Ce livre est vendu à la condition qu'il ne soit pas prêté, revendu, loué ou mis en circulation de quelque manière que ce soit, sans l'accord préalable de l'éditeur, sous une forme de reliure ou de couverture autre que celle dans laquelle il est publié.

www.ukiyoto.com

Je dédie ce premier livre aux personnes que le monde a perdues à cause du suicide. Ils méritaient mieux.

ACCUSÉ DE RÉCEPTION

Je remercie ma famille pour son soutien constant tout au long de mon combat contre la dépression, l'anxiété et l'automutilation.

PRÉFACE

Nous luttons tous. Nous avons tous mal. Nous sommes tous des personnes brisées qui tentent de trouver l'amour dans des cœurs vides et qui souhaitent trouver leur place dans les bras d'un étranger. La vie n'est certainement pas facile pour certains d'entre nous. Parfois, mourir semble être un meilleur choix. Mais un grand coup de chapeau à tous ceux qui lisent ces lignes... Toujours en vie et toujours en train de se battre. Le suicide n'est pas une option. Vous êtes fait pour atteindre des sommets. L'amour est en route. La guérison est à portée de main. Les nuages se dissipent, les premiers rayons de soleil apparaissent. Une merveilleuse journée nous attend. N'abandonnez donc pas. Continuez à vous accrocher. Nous nous en sortirons tous, un pas après l'autre. Dieu veille sur tout. Il a déjà les mains dans le cambouis. Tout ira bien. Ne perdez pas espoir, car vous êtes faits pour plus.

Contenu

L'oiseau dans ma poitrine	1
La lune - La bataille du crépuscule	4
Qui êtes-vous ?	6
Papillon - La belle	8
Le vent dans les voiles	10
Lettre ouverte à Hannah Baker	12
Phoenix	15
Tournant 18	16
Va derrière pour pleurer	18
Pétales	19
Étoiles	20
Elle est morte	21
Still I Rise	24
ANCIEN	26
Nous ne sommes pas les mêmes	27
Aimé	29
Blessé	31
Le plus beau des sourires	32

L'oiseau dans ma poitrine

Ce qui est en moi est quelque chose d'étrange

Cet oiseau est tellement sauvage qu'il ne pourra jamais être apprivoisé.

Il bat des ailes, frappant les côtés de mon cœur. Il le fait jusqu'à ce que je m'effondre complètement.

Métathérapeute . Elle appelait cela une dépression. Elle a dit : "Tuez-le pour trouver une solution".

J'étais si confus, car l'oiseau était en moi une partie Je ne peux pas le laisser mourir, je ne peux pas le laisser mourir de faim.

J'étais trop bon pour me priver de la vie

J'ai commencé à mourir lentement, jour après jour.

J'ai nourri cet oiseau avec un morceau de mon cœur tous les jours. Il est devenu grand, et ce qui était dans ma poitrine était trop petit pour qu'il y reste.

Il appartenait à l'oiseau, tout ce qui était à moi Insatiable, elle est venue chercher mon esprit. Pendant tout ce temps, je souffrais tellement

Mais ce qui m'a permis de tenir, c'est que j'étais au moins sain d'esprit. Mais maintenant, cet oiseau m'a arraché la tête.

Elle a commencé à me faire part de ses pensées alors que j'étais allongé dans mon lit. Elle portait des démons qui marchaient dans ma tête

Je souffrais, j'implorais la mort. Elle a mangé mon esprit partie par partie Lentement, mon monde s'est assombri.

Les mots du thérapeute résonnent dans ma tête

J'ai donc pris les pilules qu'elle m'a données avant d'aller me coucher. J'essayais de rester positif

J'essayais d'être moins sensible.

Le lendemain matin, je me suis réveillée et j'ai été choquée. Ma tête était vide et mon cœur aussi !

Où est passé l'oiseau ?

Je me suis demandé... C'était plus un ami qu'un ennemi. Sans ce battement, mon cœur se sent vide.

Sans la marche des démons, mon esprit se sent lourd.

Sans les voix dans ma tête, je me sens seul Sans cet oiseau dans mon corps, ma journée est vraiment morose

Sans la douleur dans ma poitrine, je me sens engourdi parce que c'était la seule chose que je pouvais ressentir, la seule chose que j'aimais.

L'oiseau me tuait, je souffrais. J'ai tué l'oiseau, je souffre encore.

La lune - La bataille du crépuscule

Des fleuves rouges coulent dans le ciel

Le sang coule des blessures du soleil couchant.

Le jour a perdu sa bataille contre la nuit La lumière a perdu et les ténèbres ont gagné.

L'armée du soleil a failli abandonner Elle a vu son chef se faire découper Les soldats du royaume de la lumière ont fait marche arrière Il était temps que la nuit soit couronnée.

Soudain, un soldat s'est arrêté et s'est retourné : "Les ténèbres ont vaincu la lumière".

Il a foncé droit sur l'armée de la nuit, tout seul, juste pour s'assurer que Light ne descende pas de son trône.

Tout seul, ce brave soldat s'est battu. Remplissant les mers des ténèbres de son éclat glorieux.

Témoin d'un tel courage, le soleil s'est vite rétabli.

Inspirée, l'armée de Light s'est rendue sur le champ de bataille

La musique se remet au diapason

Ce grand guerrier était en effet un tel bienfait Oh cet homme de force, on l'appelait la lune.

La guerre se termine en faveur de la lumière

Les ténèbres se sont cachées et le jour s'est levé... C'est l'histoire de la guerre du crépuscule qui se termine par le triomphe de la lumière à l'aube.

Il ne faut pas oublier que c'est la lune qui a pris le risque et qui a permis à tout le jeu de continuer.

Qui êtes-vous ?

J'ai passé toute ma vie à essayer de m'intégrer

Mais j'étais différent de tout le monde Voulant être l'une des millions d'étoiles Ne sachant pas que j'étais le soleil....

Maman lisait des contes de fées et de vieilles histoires,

"Sois qui tu es"

J'ai appris que la vie est un long voyage Et qu'il y a de la beauté dans chaque cicatrice...

Les gens disent que le temps guérit mais avec le temps ça n'a fait qu'empirer Essayer de cacher ce que je ressens

Par une journée ensoleillée, avec une chemise à

manches longues Cela n'a pas été facile pour moi

Se battre tous les jours en permanence, c'était dur Il devenait trop difficile de respirer

J'ai commencé à me dire que je ne serais jamais assez.

J'essaie et j'essaie, je veux aller loin

Même si je suis mourant, j'ai un cœur qui bat Après tout, je crois au Seigneur qui est au-dessus de moi

Je sais qu'il a le contrôle dès le début.

Pourquoi détestons-nous ,

Répandons notre lumière dès maintenant ...

Des millions de doutes nous traversent l'esprit

,mais gagnons-le avec notre amour.

Papillon - La belle

J'ai regardé un papillon. Comme elle est belle ! Ses ailes battent... elle est tout ce que l'on voudrait...

être...

J'ai pensé qu'elle était la définition de la beauté... Je l'ai regardée se mouvoir gracieusement au gré de la brise...

Soudain, j'ai entendu le bourdonnement d'une abeille... Agacée, elle s'est retournée avec colère et a vu

Une abeille travailleuse, avec de l'amour pour la famille....

J'ai pensé "encore   un beau papillon, il peut
ne jamais l'être".

Mais à ce moment-là, quelque chose s'est mis à parler à l'intérieur

moi...

La beauté ne repose pas sur ce que l'on voit...

Il s'agit plutôt d'une émotion, cachée quelque part au fond de l'eau....

Le vent dans les voiles

C'est toujours trop ou trop peu Trop maudit ou trop béni

Trop parfait ou trop raté Trop vide ou trop stressé. Alors que je naviguais sur l'océan, j'ai gardé les yeux sur les voiles.

Le vent a fait avancer mon bateau Mon bateau a dansé sur les vagues.

J'aimerais pouvoir vous les dire, j'aimerais pouvoir chanter des louanges... Mais l'océan, aujourd'hui, est si rude Et le vent fort a déchiré mes voiles. J'étais sur le pont,

Dans le puissant océan, je n'étais qu'un grain de sable. Les vagues frappent les côtés,

Le bois en dessous s'est fissuré. J'ai crié sur les marées

Implorer Dieu de pardonner mes fautes. Soudain, Dieu m'a donné la mort, j'ai sombré dans les profondeurs de l'océan.

Si jamais je passe par là, n'oubliez pas de m'écouter parler.

Vous avertir de la puissance de l'océan

Et vous rappeler que vous n'êtes qu'un grain de sable.

Lettre ouverte à Hannah Baker

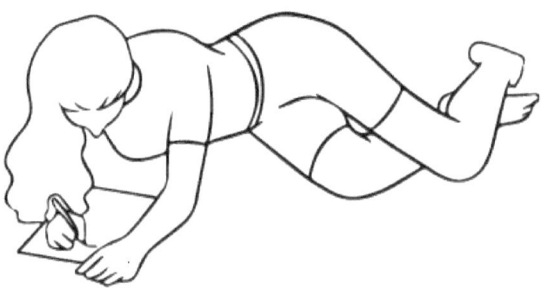

Bonjour Hannah...

Merci beaucoup de dire au monde tout ce que ma bouche n'a pas su dire...

Tu étais une fille si gentille, mais ce foutu monde n'a pas vu que tu étais un miracle et que tu te déplaçais avec grâce...

Ils se sont servis juste quand ils en avaient besoin Et puis ils t'ont simplement jeté....

Ils nous ont brisés, morceau par morceau...

Notre cœur, notre âme et toutes nos voies....

Ils ont gâché votre vie.... chaque partie de votre vie...

Ne pas laisser un seul jour...

Quand tout le monde dit que tu es un lâche...

Je vous vois courageux...

Parce que tu t'es vraiment battu

Tenir le coup jour après jour...

Vous avez survécu si longtemps... cela m'a surpris...

Parce que je n'ai pas ... de me couper, longtemps ça n'a pas pris....

Ils pensaient que vous étiez heureux ...

Mais ils étaient loin de se douter que tout était faux...

Vous avez trouvé une âme que vous pensiez comprendre...

Ce type qui vous a fait sentir en sécurité...

Mais tous ses efforts n'ont pas pu t'aider Mais il suffit de retarder...

Le jour de ta mort, le jour où tu as tué toi-même...

Tu nous as quittés trop tôt...

Peu avant le jour...

J'ai trouvé cette raison... Le dernier à rester...

J'en avais treize pour partir et douze pour rester

Alors que la mienne est de l'ordre d'un million pour huit....

Que dois-je faire ? ....

Partir ou rester ?

Je vais continuer à essayer, Hannah...

Je ne ferai pas la même erreur....

Je vais faire de mon mieux pour rester en vie jusqu'au dernier jour...

Le jour où mes raisons d'être seront les mêmes que mes raisons de rester....

Je suis si fière de toi pour tout ce que tu as fait... Mais je tiens à dire...

Ces 13 raisons pour lesquelles...

C'est ainsi que vous vous êtes coupé et que vous êtes mort....

Ce n'était qu'un mensonge.... ils ne méritent pas votre vie...

J'espère que j'étais là pour te le dire le jour où tu es entré dans ta salle de bain.

Avec un paquet de lames...

Après tout ce que je veux dire

est Chère Hannah, tu es faite pour rester....

Phoenix

Bien que ses membres soient brisés et ses ailes déchirées

Elle boitera pour sortir de ce pétrin et arrivera là où elle doit être.

Elle sait que ses fondations sont ébranlées Et que sa foi s'est étiolée Chaque souvenir créé ,

Elle a effacé et est passée à autre chose. Mais elle fait de son mieux...

Un jour, le monde sera témoin

L'histoire légendaire d'une fille qui est restée forte Quel spectacle merveilleux ce serait !

Elle, émergeant des flammes, comme un Phoenix, REBORN.

Tournant 18

elle a eu dix-huit ans...

avec un rêve brisé non réalisé sa douleur était vraie mais elle la cachait

elle se rend compte que ses blessures sont trop importantes pour être soignées...

Son cœur était brisé, elle voulait voler le bonheur que tu lui avais volé et qui l'avait fait se sentir.

Ce qu'elle était à l'époque, c'était ce qu'elle était pour de bon... mais ce soir-là, le jour de l'anniversaire

elle s'est battue avec acharnement

de tout ce qu'elle était et de toute sa force pour vous

montrer qu'elle pouvait faire plus que mourir... pendant tout ce temps, elle a eu peur de le faire, pour que ce soit la dernière nuit... 3 heures du matin... réveillée comme toujours...

En écoutant des chansons tristes et en laissant son cœur se briser, elle ne voit aucune différence dans cette journée spéciale.

parce qu'elle a été brisée au-delà de ce qu'elle pouvait supporter....

elle a souri lorsqu'elle a coupé le gâteau

mais vous ne saviez rien de ce sourire qu'elle a feint.

elle a soufflé les bougies

a fermé les yeux et a fait un vœu...

de partir bientôt et de ne pas rester

Vous avez dit "laissez-le arriver.... tout ce que vous vouliez"... sans savoir qu'elle souhaitait s'éteindre...

Va derrière pour pleurer

Les gens étaient si méchants qu'ils lui demandaient sans cesse pourquoi

Il lui a fait plus de mal qu'il n'y paraît et l'a poussée à mourir...

Elle n'a que dix-sept ans Sait très bien mentir En riant à l'écran

ELLE SE RETIRE POUR PLEURER...

Pétales

Elle voulait se sentir belle

Mais les gens sont doués pour trouver des défauts Elle voulait se sentir aimée

Mais on lui a toujours dit qu'elle n'était pas à la hauteur.

Elle voulait être admirée mais a toujours été piétinée Elle voulait sentir la brise mais ses pétales se sont envolés

Elle voulait vivre et respirer, mais elle s'est rapidement éteinte !

Étoiles

tu es belle, telle que tu es

Avec tous tes morceaux cassés et tes cicatrices

Ce ne sont que des morceaux cassés Ceux qui brillent, que nous appelons étoiles.

Mais ne t'attends pas à ce que le monde te traite bien. Ils te regardent toute la nuit mais oublient que tu existes quand le soleil brille.

Mais cela n'en fait pas moins une star. En fait, c'est pour cela que vous en serez une.

Elle est morte

Elle est morte

Cette petite fille que tu as connue. Maintenant, tout est dans votre tête

Et la fille n'est plus.

Elle a tout essayé pour soulager la douleur

Mais elle ne pouvait rien faire d'autre que d'être enchaînée par les voix qui gouvernent son cerveau.

Le soleil était au rendez-vous dans votre jardin, mais dans le sien, il pleuvait. Elle a fait de son mieux pour briser les chaînes Elle a supplié Dieu bien qu'elle ne sache pas comment prier.

Il était évident qu'elle devenait lentement une proie.

A ce monstre dansant la victoire, laissant ses efforts en vain.

Elle voulait que la peur disparaisse et que la vie soit maintenue

Mais pauvre d'elle, laver de ses bras le sang et ses taches.

Vivre avec cette ombre n'est pas facile

Il se transforme en ouragan, alors qu'il se sentait en douceur et à l'aise.

La dépression frappe de plein fouet

Il nous décompose partie par partie, complètement. Ne vous avisez pas de questionner cette petite dame. Où se trouve sa personnalité originale, ces derniers temps. Elle est peut-être quelque part dans les étoiles

Mais elle souffrirait de voir ce qu'elle est devenue.

Dans ce monde aux couleurs éblouissantes

Mon jardin est rempli de fleurs noires et grises. La seule musique que cette étrange fille peut entendre

C'est le faible son des larmes qui coulent Les cris silencieux d'une fille seule

Dans ce monde toujours plus peuplé. Elle a pleuré, la dépression a ri

Elle a essayé mais elle n'a jamais été suffisante Pour vivre, ça tue

Cette petite fille s'est donc tournée vers les pilules. Rien n'y fait,

Même les cieux s'arrêtent. Elle est restée seule, elle a

pleuré

Elle a juré de ne pas abandonner, mais je suis presque sûr qu'elle le fera.

Le fardeau qui pèse sur sa poitrine Elle essaie, mais a du mal à l'exprimer.

Still I Rise

se briser sous ses pieds.

Ce matin-là, les oiseaux ne chantaient pas

Ils ne pouvaient pas voler à cause de leurs ailes cassées. Les jonquilles n'ont pas apporté de joie

Les vagues se sont éteintes dans la mer calme. Ce matin-là, des démons marchent dans les rues. On dirait que l'obscurité l'emporte sur la lumière pendant un bref instant.

Les feuilles n'étaient plus vertes, Joy était introuvable.

Elle s'est réveillée avec des cernes sous les yeux. Elle était fatiguée de croire et a qualifié la joie de mensonge. Le sang s'écoule des coupures de ses cuisses.

Des bouteilles cassées sont éparpillées, du whisky et du vin ont été renversés.

L'addiction a joué son rôle,

Dans ce monde aux couleurs changeantes, la dépression reste un tueur constant.

Le matin où elle est tombée pour la première fois

Dans la drogue, les affaires et tout cet enfer Le monde n'était plus le même.

Toutes les personnes heureuses ont l'air nulles.

Le soleil s'est transformé en rayon L'obscurité a envahi tous les moments de la journée.

Mais ne la confondez pas avec une fille qui a renoncé à essayer.

Elle souriait et riait alors qu'elle ne faisait que pleurer à l'intérieur.

C'est une combattante qui se bat jusqu'au dernier souffle. Elle rend les choses plus lumineuses alors qu'elle pense constamment à la mort.

Chère jeune fille,

N'abandonnez pas. Votre histoire ne s'arrête pas là. Fais taire le monde et chante ta gloire.

Vous n'allez pas en finir ici, vous n'allez pas être la proie de la peur. Au milieu des questions sur l'avenir, il y avait cette petite fille qui criait.

ANCIEN

Regarder les photos de mon passé

Comment en est-on arrivé là ?

Mes yeux étaient rêveurs et mes désirs brûlants, mais mon esprit a éteint le feu de mon cœur.

J'étais une petite fille qui voulait toujours vieillir

Je pensais que les enfants avaient la vie plus dure et que les gens devenaient plus audacieux

Mais j'étais loin de me douter que grandir faisait trop mal Que je serais brisé et que je perdrais ce que j'avais.

Quand j'étais enfant, je souriais

Mon sourire était vrai, quand j'avais neuf ans. Maintenant, je fais semblant d'aller bien

Mais je me rapproche chaque jour un peu plus de la limite.

Nous ne sommes pas les mêmes

Regarde-moi et regarde-toi Nous ne sommes pas les mêmes

J'espère que cela a du sens pour vous, je ne joue aucun jeu.

Juste parce que j'ai choisi le silence

Cela ne veut pas dire que je ne veux pas parler Essayer de donner une chance à Ume

Mes fardeaux peuvent briser un rocher. Le suicide n'est pas une mince affaire.

Quelqu'un qui est parti, à la vie que tu ne peux pas ramener. La douleur s'est accrue et a fait reculer la raison

Dans les larmes de sang, mon cœur a sombré.

Aimé

respirer est trop difficile

Je me rapproche juste pour me sentir loin, mon esprit est perturbé et je suis marqué, je saigne sans cesse, je tombe en morceaux.

C'est pour les amis solitaires qui font semblant de sourire et qui ne reçoivent jamais, mais j'envoie ceci pour mon ami mourant.

Tout va bien se passer

Le monde est en train de s'effondrer, il est en train de s'effondrer

tu as presque gagné le combat, tout va bien se passer

Il faut juste que tu t'accroches, tout ira bien.

Vous supporterez cette nuit difficile.
Cher ami, qui cherche l'espoir, qui cherche l'amour
Vous vous en sortirez
Sachez que vous êtes déjà aimés.

Blessé

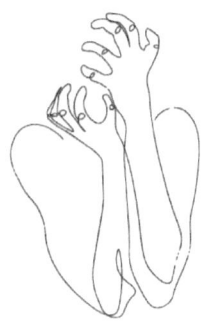

Ça fait mal...

Quand tu aimes tellement quelqu'un et que tout ce qu'il fait c'est

Ils vous font vous sentir moche et vous traitent comme une ordure...

Et... ce qui fait encore plus mal, c'est que

Vous continuez à courir derrière cette personne Parce qu'autrefois vous étiez heureux et qu'il était la raison...

J'apprends juste à laisser tomber

La plume dans ma main, hors de la fenêtre....

Cela ferait certainement moins mal

Si tu prends un couteau et que tu me poignardes directement dans la poitrine.....

Le plus beau des sourires

elle avait 18 ans, elle avait trop à faire, elle a commencé à compter les jours elle aimait le monde

le monde ne l'aimait pas en retour

elle passe son temps à espérer ce jour où tout changera d'une manière ou d'une autre lorsqu'elle aimera le monde

et il l'aimerait en retour

elle était un rayon de soleil caché par les nuages sha a le sourire le plus éclatant qui cache un million de doutes

Elle a essayé de rester forte, tout va mal, elle a essayé de chanter une chanson qu'elle ne peut pas rester trop longtemps.

Oh ! elle était un rayon de soleil caché par les nuages

elle a le sourire le plus éclatant qui cache un million de doutes

www.ingramcontent.com/pod-product-compliance
Lightning Source LLC
LaVergne TN
LVHW041641070526
838199LV00053B/3503